SONNETS

Poissy. — Typ. S. Lejay et Cie.

CENTURIE

SONNETS

DE

MYRTEN

PARIS

LIBRAIRIE ANDRÉ SAGNIER

9, RUE VIVIENNE, 9

—

1873

SONNETS

L'INSPIRATION

Loin de toi vainement je consume mes veilles,
Mon esprit abattu demeure dans la nuit
Sans guide et sans essor, l'inspiration fuit,
Et je ne conçois plus ni l'art ni ses merveilles.

Cependant, Béatrix, que tes lèvres vermeilles
Se posent sur mon front, soudain l'éclair y luit,
Et la strophe sonore, avec un léger bruit,
S'échappe en bourdonnant, comme un essaim d'abeilles.

Quand la brise à travers les bois silencieux
Passe, la forêt rend des sons harmonieux
Et vibre tout entière, ainsi qu'un orgue immense.

Sous ton chaste baiser et sous ton souffle pur
Mon rêve, Béatrix, prend son vol vers l'azur,
Et mon âme résonne et mon hymne commence.

Novembre 1866.

LE BONHEUR

Où donc est le bonheur ? Est-ce aux riches contrées
Qui voient régner sans cesse un radieux printemps ?
Non ; l'humaine souffrance aux flèches acérées
Est de tous les pays comme de tous les temps.

Touche-t-il de son doigt les couronnes dorées,
Les palmes de la gloire aux rayons éclatants ?
Non ; car, avant d'atteindre aux sphères éthérées,
L'art lui-même a meurtri ses pieux combattants.

Je vois, près d'un foyer, le cercle de famille ;
L'ivresse la plus douce a mis l'éclair qui brille
Sur ces fronts que jamais une ombre ne voila.

Si le bonheur avec ses grandes ailes d'ange
Fuyant, fuyant toujours, sur ce globe de fange
Arrête quelquefois son vol, n'est-ce pas là ?

18 décembre 1866.

L'ÉCHO

C'est le soir : le concert enchanteur des oiseaux
S'est endormi dans l'air sur les rameaux du chêne ;
La rumeur par degrés s'assoupit dans la plaine,
Et le ciel à sa voûte allume ses flambeaux.

Dans le vallon paisible, au pied des verts côteaux,
Je m'assieds sur le bord d'une claire fontaine,
Et je laisse mes pleurs, fuyant avec ma peine,
Mêler leur amertume à la douceur des eaux.

Il arrive parfois que ma douleur persiste :
Alors je me lamente ; et l'écho qui s'attriste
Pousse un profond sanglot, sans compatir au mien.

Ainsi, quand le malheur nous frappe et nous désole,
De prétendus amis, dont la voix nous console,
Gémissent avec nous, mais leur cœur ne sent rien.

6 juin 1866.

PROBLÈME

Nous étions des enfants. Les clartés de l'aurore
Illuminaient son front souriant et joyeux ;
Le firmament était descendu dans ses yeux
Avec les doux rayons d'avril qui vient d'éclore.

Je l'aimais d'un amour qui torture et dévore.
Aussi, quand dans mon âme aux pensers soucieux
Ce lointain souvenir s'éveille radieux,
Ma blessure se rouvre et mon cœur saigne encore.

Je me demande si, devenu son époux,
Je n'eusse pas trouvé sous son charme suprême
Quelques-uns des défauts qui s'attachent à nous ;

Et, quand nous nous lassons de tout, du bonheur même,
Et qu'une illusion s'envole chaque jour,
Si la satiété n'eût pas éteint l'amour.

16 janvier 1867.

LES FLORAISONS

Au milieu du fumier on voit la rose éclore ;
Elle étale au grand jour ses brillantes couleurs ;
Sa corolle reçoit les perles de l'aurore,
Et chacun rend hommage à la reine des fleurs.

Parfois le talent naît, rayonnant météore,
Du sein des passions aux livides pâleurs,
Et s'allume à des yeux dont la flamme dévore
Et que la volupté baigne seule de pleurs.

Si la fleur des amours s'élance de la fange,
Elle doit ses parfums et sa splendeur étrange
Aux feux vivifiants du soleil radieux.

Ainsi, quand le talent germe dans la débauche,
Pour donner l'harmonie à son informe ébauche,
Il lui faut, avant tout, l'éclair qui vient des cieux.

3 janvier 1867.

1.

PHILOSOPHIE

« Pourquoi, disais-je alors, servons-nous de pâture,
Nous, justes de la terre, aux complots des méchants ?
Le bonheur leur sourit devant notre torture ;
Pour nous les noirs sanglots, pour eux les joyeux chants.

Cependant notre cœur couve avec la droiture
Des germes de bonté, des sentiments touchants ;
Mais, en les bafouant, la haine et l'imposture
S'efforcent d'étouffer les plus nobles penchants. »

Interrogeant depuis avec ma conscience
Les célestes décrets, j'ai conquis la science :
Les problèmes obscurs pour moi sont résolus.

Je trouve maintenant ma douleur légitime,
Et je vois dans le bras qui me frappe le plus
Celui qui me retient sur le bord de l'abîme.

1er juin 1866.

QUESTION

Les soupirs exhalés durant les nuits fiévreuses,
Les doutes renaissants de l'esprit torturé,
Et les effusions des âmes langoureuses
Dans leurs élans sans fin vers le rêve adoré ;

Sans avoir effleuré les formes savoureuses
De celle qui vous charme et vous a capturé,
Sans avoir entendu les phrases amoureuses
Qui tombent de sa bouche, écrin rose et nacré.

Ces aspirations, ces désirs, ce délire
Rentrent-ils au néant, cet effroyable empire,
Que n'a jamais sondé le regard des humains ?

Ou plutôt montent-ils aux voûtes éternelles,
Pour que le Créateur, de ses divines mains,
En pétrisse le cœur d'Héloïses nouvelles ?

29 mars 1871.

LE CHIEN

Le chien garde la ferme et défend le château
Contre les malheureux que le vice conseille;
Contre la dent du loup il protége l'agneau,
Et guide le troupeau dès l'aurore vermeille.

Il sauve l'imprudent qu'il voit tomber à l'eau;
Il dirige l'aveugle et sur ses jours il veille;
Et cet ami, constant jusqu'au bord du tombeau,
Meurt parfois sur la fosse où son maître sommeille.

Pourtant nous nous jetons l'épithète de chien,
Où tout notre mépris ne perce que trop bien,
Quand nous nous outrageons, insensés que nous sommes.

Mais la fidélité, le tendre attachement
De ce pauvre animal, et son long dévouement,
Dites, les trouvons-nous au cœur de beaucoup d'hommes ?

15 juin 1866.

VŒU DE CHASTETÉ

Le mortel qui prononce à jamais sa rupture
Avec ses passions, lorsque dans un couvent
Il enferme ses jours, n'est-il plus la pâture
De ces tendres soucis qu'on caresse en rêvant ?

Pour étouffer en lui la voix de la nature,
Que peuvent la prière et le travail fervent ?
Le cloître est-il déjà la froide sépulture
Pour le cœur jeune encor qui fut ému souvent

Un moine, enluminant un manuscrit gothique,
Sur les marges fait croître une flore mystique,
Mais la pensée humaine y domine toujours.

Triste et continuant son œuvre inachevée,
Il dessine un rosier portant une couvée
De tout petits oiseaux, symbole des amours.

Juillet 1866.

LE HANNETON

Hanneton, vole, vole, est le chant captieux
Des jeunes écoliers que la gaîté couronne,
Quand, sous les marronniers, dans leurs folâtres jeux,
Ils tiennent en leurs mains l'insecte qui bourdonne.

Le hanneton, pour fuir vers la voûte des cieux,
Prend bientôt son essor dans l'azur qui rayonne.
Mais, victime toujours d'un fil malicieux,
Il est captif malgré les ailes que Dieu donne.

Lorsqu'un grand potentat, pour étouffer sa voix,
Dans le sombre réseau des décrets et des lois
Jette la liberté, la garrotte et l'immole;

Je songe, en l'entendant chaque jour protester
Qu'il veut la laisser vivre et se manifester,
Au refrain des enfants : Hanneton, vole, vole.

7 janvier 1869.

SOUVENIRS

Quand j'évoque les jours de mon adolescence,
De touchants souvenirs se réveillent en moi :
Alors l'amour candide, à côté de la foi,
Rayonnait dans mon âme en pleine efflorescence.

Sur les bancs du collége, où germe la science,
Je pliais mon esprit à sa rigide loi ;
Je lisais Jocelyn, avec un tendre émoi,
Sous le dôme des bois dans leur magnificence.

Mais toujours, dominant ces tableaux gracieux,
Jeune comme autrefois, surgit devant mes yeux
Une douce figure, une charmante image.

Ainsi, faisant jaillir du foyer le plus pur
Des torrents de clarté dans un ciel sans nuage,
Le soleil resplendit au milieu de l'azur.

19 septembre 1867.

L'HUMILITÉ

L'évangile du Christ, livre de vérité,
Où toujours la victime et bénit et pardonne,
Dans ses versets divins, prêche l'humilité,
Sœur de la charité qu'elle-même couronne.

Pourtant nous dédaignons, dans notre vanité,
Les modestes vertus qui rendent l'âme bonne ;
Méprisant les haillons, notre orgueil révolté
Aime par dessus tout ce qui plane ou rayonne.

Jamais nous ne songeons, devant leur riche essor,
Que les beaux papillons étaient naguère encor
Des insectes rampants, de hideuses chenilles ;

Et nous ne saurions voir, de nos aveugles yeux,
Les ailes de l'archange, ouvertes pour les cieux,
Qu'un pauvre mendiant cache sous ses guenilles.

9 janvier 1869.

L'ILLUSION

Lorsque notre esprit fuit, par l'amour excité,
Au pays de l'extase et de la fantaisie,
Empruntant ses splendeurs à la réalité,
Il donne à son fantôme une forme choisie.

Nous aimons l'inconnu : l'obstacle surmonté
A nos illusions ôte leur poésie ;
Nous voulons, ennemis de toute nudité,
Retrouver l'idéal dont notre âme est saisie.

L'imagination sous les voiles discrets
Plonge et nous fait rêver les plus riches attraits,
Quand un tissu pudique à nos yeux les dérobe.

Et d'ailleurs rien ne peut davantage émouvoir
Que de suivre une femme au beau galbe, et de voir
Un bas blanc bien tiré sous les plis d'une robe.

11 janvier 1869.

2

LA RUCHE

Au creux du tronc d'un chêne une tribu d'abeilles
Bâtit son beau palais aux alvéoles d'or,
Et compose un doux miel du suc des fleurs vermeilles,
Blond comme les épis que mûrit messidor.

Le poète, amassant des richesses pareilles,
Quand son génie a pris un radieux essor,
Du fruit de ses labeurs et de ses longues veilles
Lègue aux siècles futurs un précieux trésor.

Lorsque, pendant l'été, l'orage se déchaîne,
La foudre gronde autour du front altier du chêne ;
Mais la ruche poursuit l'œuvre de chaque jour.

Ainsi, lorsque la haine, et l'outrage et l'envie,
Comme d'affreux vautours, s'acharnent sur sa vie,
Le poète a des chants pour la gloire et l'amour.

14 janvier 1869.

ΑΝΑΓΚΗ

Le poëte aux accents de flamme,
Rêvant l'épouse de son choix,
Est à la recherche d'une âme
Qui s'émeuve aux chants de sa voix.

Pareille à la biche qui brame
Et court à la source des bois,
Une jeune fille réclame
Ses vers pour son cœur aux abois.

Elle se dit : Ce doux poëte,
Rassurant mon âme inquiète,
Vers mon rêve eût conduit mes pas.

L'artiste et la vierge sans doute
Se rencontreront sur leur route,
Mais ne se reconnaîtront pas.

1er octobre 1870.

REGRETS

Au lieu de rechercher les lauriers que la gloire
A décernés toujours au poète inspiré,
Que n'ai-je, plus heureux d'une douce victoire,
Aux myrtes de l'amour seulement aspiré !

A la muse qui tient du temple de mémoire
Les clés entre ses mains, que n'ai-je préféré,
Pour un hymen béni, la vierge au front d'ivoire,
A la grâce naïve, au regard azuré !

Le terrestre bonheur, cette plante mystique,
S'épanouit dans l'ombre, au foyer domestique,
Beaucoup mieux qu'au soleil de la célébrité.

D'ailleurs, sans que mon nom soit un astre qui brille,
Par les liens étroits et saints de la famille
N'aurais-je pas vécu dans la postérité ?

15 août 1867.

CONFITEOR

O mon Dieu, Dieu clément, vous voyez ma faiblesse,
Pour arriver au bien je fais de vains efforts ;
Je ne puis vaincre en moi les instincts de mollesse
Que savent étouffer, dans leurs luttes, les forts.

Je n'ai pas vu s'enfuir les jours de ma jeunesse,
Je désire pourtant le long repos des morts ;
J'espère en vous, mon Dieu, vous savez ma détresse,
Et j'élève vers vous le cri de mes remords.

Vous êtes tout-puissant : les ténèbres profondes
Sous un de vos regards se changent en clarté ;
D'un baptême nouveau versez sur moi les ondes.

Vous connaissiez mon cœur et sa fragilité,
Puisqu'avant d'exister, ô mon Dieu, tous les mondes
Étaient déjà vivants dans votre éternité.

25 janvier 1869.

2.

MA NIÈCE

Ma nièce a dix-sept ans : c'est la rose nouvelle,
Prête à s'épanouir dans les bosquets ombreux.
Comme elle on doit toujours, lorsqu'on est jeune et belle,
Soulever sur ses pas un essaim d'amoureux.

Ornant son frais corsage, un seul bout de dentelle
Serait certainement un vrai trésor pour eux.
En me voyant passer, dans la rue, avec elle,
Plus d'un s'est dit tout bas : Son oncle est bien heureux;

Bien heureux de pouvoir, chaque jour, à toute heure,
Sûr d'un charmant accueil, frapper à sa demeure;
De pouvoir s'enivrer de ses yeux, de sa voix;

D'entendre les doux vœux que sa pudeur avoue,
De lire dans son âme, et de pouvoir parfois
Effleurer d'un baiser le satin de sa joue.

28 mars 1871.

CE QU'ON N'OUBLIE PAS

Quand j'étais au collége, elle était à l'école.
Distrait en la voyant, le dimanche, au saint lieu,
Je manquais de ferveur dans ma prière à Dieu ;
Elle était ma croyance, elle était mon idole.

Pour courir dans les champs où l'oiseau chante et vole,
Où le coquelicot ouvre sa fleur de feu,
De mes jeunes amis je dédaignais le jeu :
J'étais déjà rêveur à cet âge frivole.

Ce touchant souvenir des premières amours
Dans le fond de mon cœur palpite et vit toujours
Sous le sombre chaos des espoirs et des doutes.

Ainsi, parmi la mousse, au milieu des grands bois,
La source desséchée et si vive autrefois
Souvent laisse filtrer encore quelques gouttes.

4 janvier 1869.

ESPOIR EN DIEU

I

Rien n'a manqué, Seigneur, à votre sacrifice ;
L'outrage et la souffrance abreuvèrent vos jours,
Et vous n'aviez jamais tari votre calice :
Vos pleurs les plus amers le remplissaient toujours.

Nous aussi nous souffrons dans la terrestre lice ;
Notre douleur est grande et nos chagrins sont lourds ;
Mais notre récompense est au bout du supplice :
Pour un bonheur sans fin tous les tourments sont courts.

L'homme naît sur ce globe, ô Dieu juste et sévère,
Pour suivre votre exemple et gravir son calvaire ;
Vous lui comptez sa part de maux, en le créant.

Malgré votre promesse, ô Seigneur, je suis lâche ;
Je crains, après ma mort, de refaire ma tâche :
Si j'ai souffert assez, donnez-moi le néant.

Juin 1870.

II

Invoquer le néant n'est-ce point un blasphème,
Et l'homme, par le doute et la crainte agité,
Doit-il répudier son immortalité,
Parce que du malheur il reçut le baptême ?

Non, mais il doit lutter contre le mal suprême
Que parfois il domine et n'a jamais dompté ;
Il doit lutter encore après avoir lutté :
Son plus grand ennemi souvent est en lui-même.

Lorsque Dieu met un terme à nos jours soucieux,
Notre espoir voit s'ouvrir l'immensité des cieux,
Son aile peut atteindre aux sphères les plus hautes.

Élevons nos pensers vers des mondes meilleurs
Et ne gémissons pas sur nos propres douleurs,
Quand nous marchons courbés sous le poids de nos fautes.

Juillet 1870.

ENVIE

A quinze ans, quand j'étais sur les bancs du collége,
Jamais je n'ai rêvé la majesté d'un roi,
Ses immenses trésors, son élégant cortége,
Ni son fier despotisme au-dessus de la loi.

Mais aussitôt mon cœur fondait comme la neige,
Quand deux regards charmants venaient tomber sur moi ;
Et souvent j'ai prié le ciel pour qu'il abrége
Mes jours trop lents : l'amour avait toute ma foi.

L'étude doucement me versait la science,
J'avais de longs loisirs, et dans mon existence
Pas le moindre souci, pas le moindre embarras.

Cependant j'enviais l'ouvrier, le manœuvre,
Fatiguant jour et nuit sans terminer son œuvre,
Mais qui passait avec une maîtresse au bras.

3 janvier 1869.

PASTEL

Bel astre qui brilliez en des cieux éclatants,
Dans vos coquets atours, madame la marquise,
Vous conservez encore, après plus de cent ans,
Vos charmes printaniers et votre grâce exquise.

Dans votre cadre ovale, où depuis si longtemps
Vous goûtez la louange à vos traits purs acquise,
Songez-vous aux galants, à vos pieds palpitants,
Qui vous remerciaient d'une faveur conquise.

Combien fit-on pour vous de bouquets à Chloris,
Alors que les salons vous proclamaient leur reine?
De vos attraits défunts on est encore épris.

C'est que la beauté laisse, aimable souveraine,
De même que la fleur qu'un souffle peut flétrir,
Après elle un parfum qui ne doit pas mourir.

2 août 1863.

VOLUPTÉ

Si j'avais pour sérail les femmes dont la France
Admire chaque jour l'éclatante beauté,
Reines par leur esprit et par leur élégance,
Ou types de candeur et de simplicité ;

Mon désir n'aurait pas calmé sa soif immense,
Car je regretterais, ivre de volupté,
Toutes celles pour qui l'amour fut en démence,
Astres du ciel moderne ou de l'antiquité ;

Car je voudrais presser sur mon cœur idolâtre
Aspasie et Ninon, Laïs et Cléopâtre,
Dont le seul souvenir est un ardent flambeau.

Quand rien ne peut combler mon âme inassouvie,
Je voudrais, sous un souffle où je mettrais ma vie,
Soudain les ranimer au fond de leur tombeau

18 janvier 1869.

POÉSIES POSTHUMES

Le poète n'est plus! Il compta peu de jours.
De même que la rose, à sa tige arrachée,
Conserve son parfum, flétrie et desséchée,
Dans ses chants inspirés son âme vit toujours.

Des plus beaux sentiments l'harmonieux concours
Respire dans son œuvre avec art ébauchée,
Car son cœur noble était une source cachée
Où tous les généreux instincts prenaient leur cours.

Mais son génie ardent épuisa le poète ;
Il combattit longtemps, en courageux athlète,
La fatigue croissante et les poignants ennuis.

Sa pensée a brisé son corps frêle et fragile :
C'est ainsi que parfois, dans un verger fertile,
Mainte branche se rompt sous le poids de ses fruits.

2 juin 1863.

3

LA PEUR DE L'AMOUR

I

Si la femme que j'aime en secret vient me dire :
« Je te donne les fleurs de mon printemps joyeux ;
Mon haleine, pareille au souffle du zéphyre,
Rafraîchira ton front morose et soucieux.

Je répandrai le miel de mon plus doux sourire,
Comme un baume à tes maux, dans ton cœur anxieux ;
Le paradis après lequel ton âme aspire,
Je le ferai pour toi descendre dans mes yeux. »

Devant ce tendre aveu j'hésiterai peut-être
Et peut-être j'aurai regret de le connaître,
Car le doute m'obsède et j'ai peur de l'amour.

La passion, hélas ! a ses métamorphoses ;
Elle change ou s'éteint : les épines un jour
Couvrent seules la tige où fleurissaient les roses.

II

Mais une voix m'a dit : Mets ta main dans sa main,
Et tous deux parcourez ensemble votre route ;
Et Dieu, qui sèmera de fleurs votre chemin,
Vous sourira du haut de la céleste voûte.

Pourquoi donc aurais-tu crainte du lendemain ?
Un regard suffira pour dissiper ton doute ;
Vous ne verrez que vous dans le désert humain,
Et c'est dans l'amour seul que votre vie est toute.

Puisque ton âme aimante a rencontré sa sœur,
N'oppose pas de frein aux élans de ton cœur ;
Rien ne pourra tarir cette source féconde.

Comme un large torrent, sous chacun de tes pas
Laisse-la déborder : dans ton âme profonde
Il n'est aucun recoin où l'amour ne soit pas.

21 novembre 1872.

OISEAUX NOCTURNES

Au chevet de son fils, de ce cher petit être
Que la fièvre minait, d'un regard anxieux,
La mère contemplait les astres radieux,
Brodant le pan d'azur qu'encadrait la fenêtre.

Puis elle se disait : Chaque enfant qu'on voit naître
A son astre là-haut, signe mystérieux ;
Et celui que je fixe, en implorant les cieux,
De mon doux chérubin est l'étoile peut-être.

Tout à coup un essaim de nocturnes oiseaux
Passe et voile à ses yeux les célestes flambeaux :
Devant ce noir présage elle fut atterrée ;

Et lorsque son regard, dans un pénible effort,
S'éleva de nouveau vers la voûte éthérée,
L'astre n'y brillait plus — et son fils était mort.

Septembre 1872.

LE CHAMP DE BATAILLE

Voyez-vous ces corbeaux et leurs noirs tourbillons ?
C'est là que sont tombés, sur le champ de bataille,
Vos frères, vos aînés ; c'est là que la mitraille
A, comme des épis, fauché leurs bataillons.

Leurs corps en lambeaux vont engraisser les sillons
Où, sans se reposer, la nature travaille ;
Quand, prêts à les venger, vous atteindrez leur taille,
Vous sentirez en vous de puissants aiguillons ;

Car, sous l'onde des cieux et leur chaude lumière,
De plus riches moissons croîtront dans la poussière
De ceux qui, pour leur cause, ont péri sans remords.

Que leurs mâles vertus pénètrent dans les gerbes ;
Et votre pain, pétri de ces froments superbes,
Fera revivre en vous l'héroïsme des morts.

7 mars 1872.

L'ARMURE

J'ai souffert en secret, sans le moindre murmure,
Étouffant le cri sourd des regrets superflus;
Désormais sur mon cœur je veux mettre une armure :
Les flèches de l'amour ne le blesseront plus.

J'irai dans les grands bois, sous l'épaisse ramure,
Où l'antique sagesse invite ses élus,
Et je méditerai, dans ma raison plus mûre,
Les problèmes profonds, non encor résolus.

Mais l'amour qui répand dans l'univers immense
Un fluide subtil, un aimant souverain,
Domine la sagesse et sa riche semence.

Pareil à l'œil fatal qui poursuivait Caïn,
Il pénètre les cœurs, couverts d'un triple airain,
Et verse dans les sens sa divine démence.

27 novembre 1872.

TE DEUM

Célébrez, vous pour qui la victoire a des charmes,
Vos joyeux *Te Deum* dans les temples de Dieu:
J'entends parmi vos chants, prenant leur vol de feu,
Les râles des mourants mêlés aux cris d'alarmes.

Au lieu des flots d'encens, mes yeux gonflés de larmes
Voient les vapeurs du sang monter vers le ciel bleu;
Les mille rayons d'or, remplissant le saint lieu,
Me semblent les éclairs qui jaillissent des armes.

Sur l'hymne triomphal se dresse le remords;
Et ma pensée assiste au cantique des morts,
Car je songe aux vaincus et surtout aux victimes;

Je songe aux orphelins, aux familles en deuil,
Aux veuves sans espoir, dont les pleurs légitimes
Ne peuvent même pas tomber sur un cercueil.

5 mars 1872.

LA PROPRIÉTÉ

A la propriété ne portez pas atteinte ;
C'est le but éternel et le fruit du travail.
Dans l'avenir prospère ayez une foi sainte,
Vous qui de la misère avez subi le bail.

Le temple de Plutus élargit son enceinte ;
« Place à tous » est gravé sur l'immense portail.
Les paroles d'espoir cessent d'être une feinte ;
Le travailleur n'est plus semblable au vil bétail.

Dieu mit l'homme ici-bas pour remplir une tâche ;
Faites votre devoir vaillamment, sans relâche :
Le labeur assidu doit créer un trésor.

Ainsi le forgeron verra les étincelles
Qui jaillissent du fer, scintillantes parcelles,
Un jour, autour de lui, pleuvoir en pièces d'or.

30 avril 1872.

LE MASQUE

Lorsque les fureurs de l'amour
Sur mes sens mettent leur empreinte
Et les déchaînent sans contrainte
Comme dans l'infernal séjour ;

Je me débats sous le vautour
Qui veut m'emporter à Corinthe,
Et rejette la vile étreinte
Des bacchantes de carrefour.

Je dis : Pourtant, parmi la foule
Qui près de moi passe et s'écoule,
Que de femmes sur mon chemin,

Désirant être les complices
De voluptueux sacrifices,
Se cachent sous le masque humain !

3 mars 1872.
4

LA MUSE

Poëtes, que la muse, en ses simples atours,
Ne cesse jamais d'être une vierge pudique ;
En se livrant à nous dans un hymen mystique,
Par ce pacte elle a droit à nos respects toujours.

Anathème au rimeur d'ignobles carrefours
Qui la force à parler un langage cynique,
Pareil au souteneur d'une fille publique,
Qui vit en exploitant ses fangeuses amours.

La muse a, sur la terre, une mission saint
Elle répand le miel dans les coupes d'absinthe,
Éveille les remords, pardonne aux repentirs,

Sourit aux parias, abat l'orgueil des maîtres,
Met le stigmate au front des bourreaux et des traîtres,
Et l'auréole d'or sur celui des martyrs.

27 février 1872.

UNE PRIÈRE

Quand mes vagues pensers, sans effort ni secousse,
Dans leur vol éthéré parcourant l'univers,
Vont du palais de marbre au nid d'herbe et de mousse,
Et des sphères du ciel aux profondeurs des mers ;

Je les laisse flotter où mon rêve les pousse
Et toucher de leur aile à mille objets divers ;
Mais bientôt un instinct qui jamais ne s'émousse
Les porte sous le toit de ceux qui me sont chers.

Alors je me recueille et songe avec tristesse
Que déjà mes parents marchent dans la vieillesse ;
Et je voudrais du temps interrompre le cours.

Me prosternant devant l'auteur de la nature,
Je l'implore pour eux, et ma bouche murmure :
O mon Dieu, prolongez et bénissez leurs jours.

11 février 1872.

RÉSIGNATION

Merci, mon Dieu, merci de ma longue souffrance;
La résignation a pour moi des appas,
Et mes jours couleront sans crainte du trépas
Dont le glas doit sonner l'heure de délivrance.

Suivant mon dur sentier avec persévérance,
J'ai vu la poésie éclore sous mes pas,
Et si j'ai réussi quelques vers, n'est-ce pas
Ceux où ma muse prie et parle d'espérance?

N'est-ce pas dans la source amère de mes pleurs
Que mon âme, au contact de mes grandes douleurs,
Sera purifiée et trouvera des ailes ?

Ainsi, quand les cieux noirs sont d'éclairs sillonnés,
L'orage laisse choir ses torrents déchaînés,
Pour rendre leur azur aux voûtes éternelles.

14 janvier 1872.

A BÉATRIX

Parmi le ravissant essaim des vierges blondes,
Béatrix, j'admirais ta grâce et ta candeur,
Et ton front rayonnant, coloré de pudeur,
Sous tes cheveux dorés aux sinueuses ondes.

Désormais ma pensée aux courses vagabondes
Se fixera sur toi dans sa plus tendre ardeur,
Et mon âme où l'amour a mis sa profondeur
Volera vers la tienne à travers tous les mondes.

Ainsi, quand dans l'azur se lève le soleil,
L'hélianthe se tourne à l'orient vermeil
Et de ses doux regards suit son char de victoire.

La plante d'or attache encor sur lui ses yeux,
Quand son céleste amant dans son lit radieux
Disparaît au milieu des splendeurs de sa gloire.

0 décembre 1866.
4.

LES INCENDIAIRES

Allumer l'incendie est un acte effroyable ;
Soit par instinct pervers ou vengeance en fureur,
Celui qui le fait luire et répand la terreur
Commet, dans sa démence, un crime abominable.

Lorsque c'est, par hasard, le bras d'un misérable
Qui tient la torche, alors il fait surtout horreur :
Pourtant la volonté d'un puissant empereur
Le suscite, à son gré, sans paraître coupable.

Car, dans la guerre, hélas ! ce n'est pas seulement
Quelque riche palais, quelque beau monument
Qu'il détruit ; c'est aussi les plus humbles chaumières.

Mais qu'importe ? la gloire efface le remords ;
Et le grand conquérant, foulant aux pieds les morts,
Peut brûler des hameaux et des villes entières.

19 mars 1872.

LA GLOIRE

L'artiste veut un nom qu'illumine la gloire,
Vivant dans l'avenir, plus fort que le destin,
Quand les siècles futurs, comme un rêve illusoire,
Auront déjà sombré dans un passé lointain.

Mais qu'est-ce que ce globe et sa fragile histoire,
Où, dans l'épaisse nuit, seul le mal est certain ?
Auprès de l'univers c'est un point dérisoire,
Une ombre qui s'efface au souffle du matin.

Celui qui consola les misères humaines,
Réveilla l'espérance et fit taire les haines,
Et qui des maux d'autrui fut toujours soucieux,

Mieux que le grand artiste a trouvé le problème
De la gloire ; et son nom vivra, car Dieu lui-même
Avec les astres d'or l'écrit au front des cieux.

14 janvier 1872.

L'AÉROLITHE

Comme un astre éclatant détaché du ciel bleu,
Dans l'éther qu'il parcourt l'aérolithe trace
Un lumineux sillon; et ce globe de feu,
Dans sa chute, du sol déchire la surface.

Que contiennent ses flancs? d'où vient-il? de quel lieu?
Est-ce quelque débris égaré dans l'espace
Des carreaux de Satan ou des foudres de Dieu?
Est-ce un mauvais présage? un signe de menace?

Tombe-t-il d'un éden où le bonheur fleurit,
D'un enfer où l'air seul fait souffrir et meurtrit,
Ou d'un séjour pareil à la terre où nous sommes?

On peut l'analyser et dire avec raison,
S'il renferme de l'or, du fer et du poison :
Il arrive d'un monde habité par des hommes.

Novembre 1871.

L'ÉTUDE

Pour l'homme diligent qui défriche un terrain
Abrupt et rocailleux, la tâche est longue et rude :
Ainsi, dans mon esprit, une constante étude
De la science amère a fait germer le grain.

Lorsque les rayons d'or pleuvaient d'un ciel serein,
Je travaillais dans l'ombre et dans la solitude,
Assouplissant mon âme à cette servitude,
Et refusant ma part du plaisir souverain.

C'est pourquoi maintenant, parmi la ronce et l'herbe,
Mon esprit voit éclore une modeste gerbe
Sous l'inspiration dont le souffle est de feu.

Loin du tumulte croît ma flore poétique :
Aussi la fleur de pourpre et le lis séraphique
Peuvent s'épanouir sous le regard de Dieu.

4 février 1872.

APRÈS LA MORT

Seigneur mon Dieu, la voix de vos nouveaux prophètes
Nous dit qu'après la mort nous verrons ici-bas,
Témoins de tous les deuils et de toutes les fêtes,
Les hommes s'agiter dans leurs bruyants débats.

Dans leurs cœurs où la haine agrandit ses conquêtes,
Où le mal est vainqueur sans les moindres combats,
Comme les flots fougueux au milieu des tempêtes,
Nous verrons se heurter les instincts les plus bas.

O mon Dieu, si j'ai fait quelque bien sur la terre,
Si ma foi fut ardente et ma conduite austère,
Pour me récompenser de mes efforts pieux,

Dans la Jérusalem, par notre âme entrevue,
Quand vous m'appellerez, privez-moi de la vue,
Ou mettez un bandeau sombre devant mes yeux.

                              31 juillet 1872.

L'IMMORTALITÉ

Poète, ton succès est grand et légitime,
Ton nom de bouche en bouche avec gloire est cité ;
Et si ta muse aspire à l'immortalité,
De ton ambition, qui te ferait un crime ?

Mais ce monde est un grain de sable, un point minime
Au sein des univers peuplant l'immensité ;
Dans la suite des temps, frappé de vétusté,
Lui-même sombrera dans l'éternel abîme.

Iliades, corans, arcs de triomphe, autels,
Rien ne restera plus de l'œuvre des mortels :
Ici-bas l'âme seule au néant se dérobe.

Le souvenir s'éteint, lorsqu'aux cieux elle a fui,
Et de tous les humains, passagers sur ce globe,
Aucun n'emportera ta mémoire avec lui.

4 août 1872.

TEINTES SOMBRES

Je ne suis pas l'enfant gâté de la nature,
Dans l'héritage humain la douleur fut mon lot ;
Et ce n'est pas pour moi, chétive créature,
Que le plaisir folâtre agite son grelot.

Mes jours n'ont jamais vu la riante figure
Du bonheur se mirer un instant dans leur flot ;
Et dans les faibles chants, que ma bouche murmure,
La souffrance toujours fait courir son sanglot.

Ma poésie en deuil, qu'aucun rayon n'irise,
N'a point les doux soupirs de l'amoureuse brise,
Se jouant dans les fleurs, sous des ombrages frais.

Elle ne rend jamais de notes argentines ;
C'est la bise qui souffle entre les noirs cyprès
Et, la nuit, se lamente au milieu des ruines.

6 août 1872.

PLEIN ÉTÉ

Plein été! c'est votre âge. Eh! madame, qu'importe?
Plus d'une jeune fille, en sa fleur de printemps,
Fait jaillir moins d'éclairs de ses yeux, et longtemps
La grâce et la beauté vous serviront d'escorte.

Dans les salons vos mains tiennent en quelque sorte
Le sceptre; votre goût a des attraits constants;
Si votre douce voix rend les cœurs palpitants,
Un sourire de vous magnétise et transporte.

Que de propos semés chaque jour sur vos pas!
L'un admire tout haut votre toilette exquise,
Et l'autre dans vos traits trouve un air de marquise.

Élégance et noblesse! ils ne se trompent pas,
Dit à son tour l'artiste; et bientôt il ajoute :
Esprit aimable et fin!... pour peu qu'il vous écoute.

Août 1861.
5

LA CHAUVE-SOURIS

Le dieu brillant du jour avait clos sa paupière ;
Des nuages épais tachetaient le ciel gris ;
Le merle et le pinson dormaient sous leurs abris,
Le riche en son château, le pauvre en sa chaumière.

Un fanal rayonnait sur une tour altière ;
Il attira le vol d'une chauve-souris
Qui s'éleva dans l'air, du sein de noirs débris,
Mais, comme ivre, ne put affronter la lumière.

Ainsi l'esprit humain, dans son élan, poursuit
La vérité, flambeau scintillant dans la nuit :
Désireux de sonder l'insondable mystère,

Il monte, monte encore, il plane dans les cieux ;
Mais lorsqu'il croit saisir son rêve audacieux,
Il est pris de vertige et retombe sur terre.

Septembre 1872.

LA MARGUERITE

Blanche étoile des prés, petite fleur mignonne,
Je voudrais consulter ton oracle d'amour ;
Mais si ma main tremblante effeuillait ta couronne,
Je frémirais de crainte et d'espoir tour à tour.

L'espoir ! — c'est un mirage — il fuit et m'abandonne ;
Mon horizon devient plus sombre chaque jour
Les fleurs de mon printemps, longtemps avant l'automne,
Tombent à mes côtés et meurent sans retour.

Marguerite, pourquoi consulter ton oracle ?
Pour me rendre à la vie, il faudrait un miracle :
Ma bouche fut muette et mon regard discret.

Quand le gémissement de la douce colombe
Ne m'éveillera plus, conserve mon secret
Et fleuris le gazon qui couvrira ma tombe.

17 novembre 1872.

DAMASQUINURES

De dessins variés quel superbe assemblage !
Sur de riches coffrets que d'élégants réseaux,
De charmants entrelacs, de gracieux rinceaux !
Que de fleurs s'élançant autour d'un fin treillage !

Ici, dans un vallon, c'est un riant village,
Et là c'est un vieux cloître aux gothiques arceaux ;
Tout un monde bruyant d'insectes et d'oiseaux
Plus loin voltige au sein d'un délicat feuillage.

L'adroit damasquineur, sur un fusil bronzé,
Avec un talent rare et fidèle, a tracé
Une chasse au milieu d'un site pittoresque ;

Son caprice a couvert la lame d'un poignard,
Et sur une cuirasse, où rayonne son art,
Se déroule et s'agite un combat gigantesque.

14 juillet 1861.

A MADAME MARIE-ANNE B. E.

Grands yeux noirs où par intervalle
Descendent les rayons du ciel,
Visage dont le pur ovale
Promet un printemps éternel.

Grâce élégante et sans égale
Où luit l'éclair spirituel,
Type de beauté virginale
Qu'aurait envié Raphaël.

Pour moi, cette Elvire charmante
Est, dans un intime entretien,
Plus qu'une sœur, moins qu'une amante.

Dans ce délicieux lien,
Mon âme, pour un doux échange,
Cherche une femme et trouve un ange.

1er juin 1865.

B.

MURMURES

Les murmures et les regrets
Dans mon esprit trouvent asile ;
O mon Dieu, c'est que vos décrets
Livrent au mal mon corps débile.

Quand la souffrance de ses traits
M'accable, je serais docile,
Et même je vous bénirais,
Si mon martyre était utile.

Mais jamais les pleurs de mes yeux
N'ont fait sur un front soucieux
Pleuvoir une douce rosée ;

Et mon cœur dans l'affliction
N'a jamais à l'âme brisée
Appris la résignation.

Août 1872.

LA VÉRITÉ

« J'ai cherché bien longtemps, sans repos ni relâche,
Dominant le sommeil, dans un pénible effort,
J'ai cherché bien longtemps cette vierge sans tache,
Effroi de l'âme faible, espoir de l'homme fort.

Sûr de l'atteindre un jour, je poursuivrai ma tâche;
Brisé par la fatigue et conjurant le sort,
Je la découvrirai sous l'ombre qui la cache,
Quand même ce serait dans les bras de la mort.

Elle a choisi, dit-on, un puits pour sa demeure;
Si c'est là que je dois la voir, j'y cours sur l'heure. »
C'est ainsi que parlait un esprit exalté.

Il descend dans le puits, plonge dans l'eau, s'efface...
Un cadavre bientôt parut à la surface :
Le chercheur avait-il trouvé la vérité ?

Octobre 1872.

LES FLEURS DES BOIS

Quand le printemps tardif est enfin de retour,
Et que le mois de mai reverdit le feuillage,
Oh ! qu'il fait bon alors, au déclin d'un beau jour,
Dans les grands bois touffus d'où tombe un frais ombrage !

Les couples fortunés, conduits par leur amour,
Écoutent des oiseaux le charmant babillage ;
Les mille fleurs des bois, s'inclinant tour à tour,
Leur adressent aussi leur sourire au passage.

Et toutes semblent dire à ces galants joyeux :
Cueillez-nous sans regrets ; vos belles aux grands yeux
Dans leurs corsets pour nous ont de douces cachettes.

C'est pourquoi le poète aime les fleurs des bois ;
Celle qui du rêveur fixe surtout le choix,
C'est le muguet d'argent aux petites clochettes.

1er juin 1860.

ENCORE A BÉATRIX

Vers le splendide azur des voûtes éternelles
J'ai porté bien souvent mon rêve audacieux,
Et ton souffle divin soutenait seul mes ailes,
Lorsque j'avais senti ton baiser radieux.

Je cadence aujourd'hui mes strophes les plus belles
Au timbre de ta voix, toujours harmonieux ;
Je leur donne un reflet du feu de tes prunelles,
Et pourtant je suis triste en regardant les cieux.

C'est que je crois en toi voir une sœur des anges,
Car ta grâce pudique et ta pure beauté
De la commune argile ont dépouillé les langes ;

C'est que, voyant ton front rayonnant de clarté,
Je crains que, dédaignant notre monde habité,
Tu ne prennes ton vol vers les saintes phalanges.

6 décembre 1866.

LE PRÉCIPICE

« Ne livre pas ton âme aux voluptés humaines ;
Au fond des bois touffus, sous le saule tremblant,
N'étanche pas ta soif aux limpides fontaines
Où les vierges qu'on aime ont miré leur front blanc.

Lorsque les vains plaisirs dans leurs riantes chaînes
Enlacent aisément un cœur fort et vaillant,
Élève tes désirs vers les voûtes sereines
Où la vérité vit sous un voile brillant.

Ami, c'est au delà des bornes de ce monde
Que croissent les épis de la moisson féconde
Dont le pur froment fait le pain de l'avenir. »

Méprisant les conseils de cette voix propice,
Je m'avançais toujours au bord du précipice,
Et Dieu seul aujourd'hui pourra m'y retenir.

Mai 1870.

LES AMOURS TERRESTRES

Nous nous plaignons de voir nos fragiles amours
Végéter et mourir presque aussitôt que nées;
Les roses dont nos mains les avaient couronnées
Jonchent le sol, après quelques rapides jours.

Le temps qui fuit sans cesse emporte dans son cours
Les baisers, les soupirs, les guirlandes fanées,
Les aveux qui faisaient nos douces destinées
Avec tous nos serments, renouvelés toujours.

Comme rien ici-bas ne peut combler notre âme,
Notre désir, ouvrant ses deux ailes de flamme,
Veut prendre vers l'azur un vol audacieux.

Nous rêvons des amours qu'aucune ombre n'altère :
Hélas! chétifs humains, nous sommes sur la terre,
Et ce que nous voulons, c'est le bonheur des cieux.

23 janvier 1869.

LA PATRIE

Mon pays avant tout! s'écrie un fanatique;
Avec orgueil pour lui je donnerais mes jours;
Je veux qu'il soit puissant, indomptable, héroïque;
Pour ses armes je veux des triomphes toujours.

Un noble citoyen, âme grande et stoïque,
Répond à ce pompeux et séduisant discours:
Si mon pays combat pour une cause inique,
Que son dernier soldat appartienne aux vautours!

Entre les nations, inutiles barrières,
Tombez, écroulez-vous: il n'est point de frontières
Pour les hommes qu'unit l'esprit de vérité.

Consacrant au progrès leur œuvre fraternelle,
Leur unique patrie est la Sparte éternelle
Où règne la justice avec la liberté.

Juillet 1869.

L'IDÉAL

J'avais sur cette terre, où l'homme est en servage,
Placé mon idéal dans de chastes amours ;
Je rêvais une vierge à la fleur de son âge,
Belle de son seul charme et non de ses atours.

Si j'ai pu l'entrevoir un instant au passage
Avec son doux regard qui pour moi luit toujours,
La vision a fui, comme sous un nuage
Le soleil disparaît dans son brillant parcours.

En vain je crois saisir sa forme insaisissable :
C'est l'empreinte qu'un souffle efface sur le sable,
Et c'est l'astre du soir dans les flots reflété.

Elle échappe à ma main, comme un vaisseau qui sombre :
Ainsi l'homme ici-bas, durant l'éternité,
Marcherait devant lui sans atteindre son ombre.

16 janvier 1869.
6

L'HUMANITÉ

I

Mortels, notre existence est une longue épreuve :
A bien peu d'entre nous elle offre des appas ;
Et tous, sans que notre âme, un instant, s'en émeuve,
Par les sentiers mauvais nous marchons au trépas.

La douleur nous étreint et le fiel nous abreuve ;
Nous voyons le malheur s'attacher à nos pas.
Parfois nous nous sentons comme au milieu d'un fleuve,
Le courant nous entraine et nous ne luttons pas.

Nous sommes impuissants contre le sort contraire ;
Nous nous berçons en vain de l'espoir téméraire
D'anéantir le mal, il renaîtra toujours.

Un funeste destin nous commande et nous mène ;
La réprobation frappe la race humaine
Dont la souffrance aura seule tissé les jours.

II

Eh quoi! nous nous plaignons, chétives créatures,
Que le mal envahit nos arides chemins,
Qu'aucun baume ne peut guérir nos meurtrissures,
Qu'un destin pire encore attend nos lendemains.

Cependant nous aimons boire aux sources impures;
Les fauves passions nous enchaînent les mains ;
Et lorsque nous souffrons de nos propres souillures,
Nous accusons le sort ou les cieux inhumains.

Dans nos cœurs corrompus nos maux ont leurs racines :
Pour nous purifier aux terrestres piscines,
La douleur nous soumet au baptême du feu;

Et nous ne voyons pas, courbés dans la poussière,
Par les âpres sentiers marcher vers la lumière
Le troupeau des humains sous le souffle de Dieu.

Juin 1863.

LA NEIGE

Dans les bois, les oiseaux, sous la voûte divine,
N'emplissent plus les airs de leurs douces chansons ;
Dans les champs, on dirait que soudain l'aubépine
A fait épanouir sa fleur sur les buissons.

La neige a recouvert, du val à la colline,
D'un voile éblouissant la terre où nous passons,
Et devient sous nos pieds, dans sa robe d'hermine,
Une fange où toujours nous nous éclaboussons.

Ainsi la jeune fille, innocente et candide,
Voit de la volupté le fantôme livide
Ternir le chaste éclat de sa blancheur de lis ;

Et quand, par nous flétrie, un jour la pauvre femme
Tombe dans le bourbier de la débauche infâme,
A son contact impur nous sommes avilis.

19 janvier 1868.

ICI-BAS

Auprès de toi je sens une force nouvelle,
Un air vivifiant rafraichit mes poumons,
Je voudrais t'emporter sur le sommet des monts,
Dans le rayonnement de la neige éternelle.

Il faut une autre sphère à ton âme si belle.
Ici bas, tout détruit les vœux que nous formons
Et le mépris s'attache au bien que nous aimons :
Le mal domine seul sur la race mortelle.

Le bonheur, ce mirage à travers l'avenir,
Fuit lorsque nous croyons l'atteindre et le tenir,
Et se dérobe à nous sous ses mobiles voiles.

Ainsi, quand leur éclat y brille reflété,
Dans l'azur clair d'un lac, par une nuit d'été,
Nous tenterions en vain de saisir les étoiles.

5 janvier 1869.
6.

DOGUE ET ROQUETS

Comme on voit des roquets suivre un superbe dogue,
Le harcelant sans fin de leur long aboiement,
Sans que cet animal s'émeuve seulement
Et même prenne garde à leur jappement rogue;

De même le méchant qui toujours épilogue,
Et le vil pamphlétaire, au style véhément,
Répandent chaque jour leur fiel impunément
Sur un haut personnage ou sur l'artiste en vogue.

Si pour les grognements, les outrages, les cris,
Tous deux, l'homme et le chien, ont un égal mépris,
Dans la sérénité seul le chien se repose.

Mais pour l'homme sur qui le mensonge a passé,
Le mal complétement n'est jamais effacé,
Car de la calomnie il reste quelque chose.

19 janvier 1869.

UNE LARME

En rêve je voyais, au milieu de l'éther,
Notre globe flotter dans la nuit la plus sombre;
A ses vastes contours donnant un reflet clair,
De sinistres lueurs couraient à travers l'ombre.

Un archange parut et secoua dans l'air
Une torche, foyer d'étincelles sans nombre,
Et bientôt notre monde, au contact d'un éclair,
Allait s'évanouir comme un vaisseau qui sombre.!

Vainement les mortels élevaient, dans l'effroi,
Des supplications et des actes de foi,
Des sanglots déchirants et de longs cris d'alarme.

La flamme s'éteignit dans la céleste main,
Car un juste, le seul de tout le genre humain,
Avait sur le flambeau fait tomber une larme.

17 mars 1868.

LE MORTIER

Dans les ruines d'un château,
Témoin d'héroïques batailles,
Un vieux mortier sur un créneau
Domine les sombres murailles.

Depuis longtemps le renouveau,
Après la saison des semailles,
Le couvre d'un riant manteau
De fleurs et de vertes broussailles.

Les oiseaux, pendant les beaux jours,
Y font le nid de leurs amours
Près des touffes de violette.

Jadis il vomissait la mort ;
Mais aujourd'hui la vie en sort
Avec le chant de la fauvette.

16 mars 1868.

LE COMBAT D'ANIMAUX

Le farouche dompteur est dans le cirque immense,
Maîtrisant du regard les fauves animaux.
Partout sur les gradins règne un profond silence,
Car les athlètes sont lions, tigres, taureaux.

Le dompteur les excite et la lutte commence ;
Et la foule aime à voir, dans ces plaisirs nouveaux,
Au milieu des bravos, frénétique démence,
Les larges flots de sang et les chairs en lambeaux.

Si le tigre a sa griffe et le taureau ses cornes,
Que ne les tournent-ils, dans leur fureur sans bornes,
Contre l'instigateur de ces hideux combats ?

Les peuples sont pareils aux bêtes de l'arène ;
Ils s'égorgent entre eux, dans une aveugle haine,
Esclaves à genoux devant les potentats.

Décembre 1863.

L'ARTISTE

Comme le chêne altier, au vigoureux feuillage,
Qui tombe sous la foudre, au milieu de l'été,
Parfois l'artiste meurt, dans la force de l'âge,
Lorsque son talent touche à sa maturité.

Son nom, environné d'un éternel hommage,
Devait briller aux yeux de la postérité,
Car déjà ses efforts avaient conquis le gage
De sa gloire promise à l'immortalité.

Sur ses futurs destins j'interroge la tombe
De cet homme éminent qui, jeune encor, succombe,
Avant que son génie ait pris tous ses essors.

Parmi nous, revêtant une forme nouvelle,
Revient-il achever son œuvre solennelle
Et de son art divin nous léguer les trésors ?

22 janvier 1867.

LA VIE HUMAINE

Les hommes pour souffrir entrent dans cette vie;
De leur propre infortune ils sont les instruments :
Ils se forgent toujours de mutuels tourments
Avec la médisance, et la haine et l'envie.

Si l'un d'eux, s'écartant de la route suivie,
Laisse son âme ouverte aux nobles dévouements,
S'il aime la justice aux purs rayonnements,
Et prend pitié de ceux que le malheur convie;

Tous les autres sur lui s'acharnent à la fois;
D'une amère existence il supporte le poids
Sans le moindre murmure et sans plainte importune.

Il pardonne aux méchants dans son suprême adieu,
Lui qui, ne voulant pas être un fléau de Dieu,
Par sa bonté s'est mis hors de la loi commune.

3 mars 1868.

FATUM

Le ciel a mis en moi d'un amour chaste et tendre,
Souvent impétueux, les plus riches trésors ;
Il fermente en mon sein et cherche à se répandre,
Comme un torrent fougueux qui veut franchir ses bords.

Mais je n'ai pas trouvé de cœur pour me comprendre
Et donner une issue à mes brûlants transports ;
Comme le feu captif, étouffé sous la cendre,
Mon âme se consume en d'impuissants efforts.

Au lieu d'un pur amour, tous les jours de ma vie
Ont connu le malheur, la haine inassouvie
Et l'indignation, pâle comme l'effroi.

Je vois s'évanouir ma dernière espérance,
Je suis de tous côtés cerné par la souffrance,
Et néanmoins je sens le paradis en moi.

Avril 1868.

LES MAUX DE L'AME

Le brutal qui nous cause une faible blessure
Est puni par les lois avec sévérité ;
Mais s'il nous frappe au cœur en prodiguant l'injure,
C'est à peine un délit, très-souvent contesté.

Pourtant le corps guérit par une prompte cure
Et voit complétement refleurir sa santé,
Tandis que notre cœur garde sa meurtrissure
Et sent l'abattement exiler sa gaîté.

L'âme est pleine de maux qu'aucun regard ne sonde ;
La secrète souffrance est aiguë et profonde,
Et notre esprit s'insurge en vain contre le sort.

Comment donc échapper à la douleur morale,
Qui nous force à subir son étreinte fatale
Et mine lentement nos jours jusqu'à la mort ?

Juin 1867.

7

LE VIEILLARD

Aux yeux des nations, le vieillard respecté
Revêtait autrefois un sacré caractère ;
Il était le gardien et le dépositaire
De la sagesse humaine et de la vérité.

Sa raison grandissait en divine clarté,
Plus son front blanchissait et penchait vers la terre ;
Car il allait bientôt pénétrer le mystère
De sa propre existence et de l'éternité.

Mais les temps sont changés, et notre siècle infâme
Frappe de son mépris l'épithète de vieux
Et l'unit à des mots pleins d'insulte et de blâme.

Nous avons vu mourir la foi de nos aïeux :
Le plaisir sensuel qui dégrade notre âme
Et l'or qui le procure aujourd'hui sont nos dieux.

20 janvier 1867.

LE CHRIST

I

Sur ce sol de discorde où le mal persévère,
O Christ ! étends les mains, afin de nous bénir ;
Épargne aux plus méchants un regard trop sévère,
Par la fraternité daigne tous nous unir.

Sur ta sanglante croix, que le juste révère,
D'où les rayons sacrés promettaient de venir,
Tes bras restent cloués comme au temps du Calvaire,
Ton silence nous fait douter de l'avenir.

Sur la terre qu'étreint une haine profonde
Que d'apôtres martyrs succombent tour à tour,
Sans qu'une foi nouvelle y germe et la féconde !

La charité pour nous est morte sans retour,
Car tes bras seuls, ô Christ ! dans ton immense amour,
Seraient assez puissants pour embrasser le monde.

II

Mes frères bien-aimés, votre plainte est étrange,
Vous ne connaissez pas l'existence et son but,
Vous aspirez au ciel sans les ailes de l'ange,
Votre science vaine est encore au début.

Quand Dieu vous a tirés de la terrestre fange,
A la coupe des jours quand votre lèvre but,
Était-ce pour goûter un nectar sans mélange ?
Non, l'homme à la douleur doit payer son tribut.

Désormais sur ma croix, dans mon glorieux temple,
Mes bras restent cloués, comme à ma Passion,
Pour que chacun de vous sans cesse me contemple.

Prodiguant des trésors de consolation,
Je veux être pour vous de résignation,
De concorde et d'amour un éternel exemple.

2 décembre 1866.

LA SOUFFRANCE

Jamais un œil humain ne sondera les voies
Où le bras du Seigneur nous pousse et nous conduit;
Nous sentons, sans le voir, dans notre longue nuit,
Le vautour éternel qui dévore nos foies.

Nos plus chers sentiments sont de sanglantes proies
Et meurent sous le mal qui renverse et détruit.
Résignons-nous, car Dieu, qui travaille sans bruit,
De toutes nos douleurs fait nos futures joies.

Qu'importe la souffrance au vainqueur radieux ?
Quand l'auréole y met ses clartés et sa gloire,
Qu'importe si le front fut triste et soucieux ?

Sans plainte accomplissons notre œuvre expiatoire,
Marchons sans murmurer dans notre purgatoire :
Il faut le traverser pour arriver aux cieux.

1er janvier 1867.
7.

LA PEAU DU LION

Lorsque d'un pôle à l'autre pôle
Il portait l'expiation,
Hercule s'était, pour ce rôle,
Couvert de la peau du lion.

L'héroïque fils de la Gaule,
Dans sa grande rébellion,
La jeta sur sa mâle épaule,
Et fit la Révolution.

Quand nos pères étaient des braves,
Nous sommes un troupeau d'esclaves,
De courtisans et de valets.

Aujourd'hui la sainte dépouille
Est le tapis qu'un pied vil souille
Dans l'antichambre des palais.

                                    15 janvier 1869.

LA BONTÉ

Si la bonté vraiment est une duperie
Dans ce siècle de haine et de duplicité
Où le vice domine, et si la fourberie
Se partage le monde avec la lâcheté ;

Si le culte du mal est notre idolâtrie,
Si nous sacrifions à la brutalité,
Si j'entends dans mon âme une voix qui me crie :
Il faut être méchant pour être respecté ;

En moi de la bonté dois-je étouffer le germe ?
Non ; je connais la vie, et son but et son terme ;
Notre globe est un point dans l'espace habité.

En voyant les pervers triompher dans leur œuvre
Et verser sur les bons leur venin de couleuvre,
Comment donc ne pas croire à l'immortalité ?

Novembre 1866.

LA FOI

Vous dites que la foi, cette plante divine,
Germe dans la tristesse et grandit sous les pleurs,
Et que c'est au milieu des profondes douleurs
Qu'elle se plaît surtout à jeter sa racine.

Quand notre âme n'est plus qu'une immense ruine,
Où s'attachent encor quelques funèbres fleurs
Dont le vent de la mort a flétri les couleurs,
Vous dites que la foi l'échauffe et l'illumine.

C'est ma croyance aussi : nous ne nous trompons pas.
Dans le sentier du bien elle guide nos pas
Et soutient constamment le faible qui chancelle.

La foi seule a vaincu mon orgueil révolté,
Et, ployant les genoux, je reconnais en elle
La sœur de l'espérance et de la charité.

16 janvier 1807.

LE TRAVAIL

L'homme qui vient à bout de fixer la fortune
Par sa persévérance et ses efforts constants ;
Qui, vaillamment courbé sur son œuvre opportune,
Par son travail sans fin compte tous ses instants ;

Et qui n'a jamais vu s'épanouir aucune
Des fleurs du doux loisir, même en son vert printemps ;
Si la mort dont il doit subir la loi commune,
Le frappant tout à coup, suspend pour lui le temps ;

Va-t-il perdre le fruit de ses longues fatigues ;
Et ses riches moissons, de gerbes d'or prodigues,
Va-t-il les délaisser, au moment de l'adieu ?

Non ; il retrouve ailleurs sa digne récompense :
Une voix me l'atteste en mon âme qui pense,
Et j'en ai pour garant la justice de Dieu.

Octobre 1866.

LE DUEL

L'honnête homme offensé par un vil misérable,
S'il se bat avec lui, l'élève à sa hauteur;
Mais si sa dignité demeure inaltérable,
Il laisse l'infamie à son lâche insulteur.

Souvent le sort pour lui se montre inexorable;
Du bras d'un adversaire il sent la pesanteur;
Le droit ne suffit pas pour rendre invulnérable :
Il tombe sous les coups d'un habile bretteur.

Vous qui, dans les duels, acceptez d'être arbitres,
Pour faire ainsi verser le sang, quels sont vos titres?
L'outrage serait-il absous par un forfait?

Protégez l'innocent, écrasez la couleuvre,
Rendez justice à tous, et, contents de votre œuvre,
Vous pourrez dire alors : l'honneur est satisfait.

Octobre 1866.

LE POUVOIR

L'humaine ambition partout se manifeste ;
Les grades, les honneurs ont de tentants appas ;
Et pour les dignités, gloire vaine et funeste,
On fait de longs efforts, on brave le trépas.

Je ne veux pas sortir de ma sphère modeste
Et commander un jour ; non, je ne le veux pas.
Je préfère subir le joug que je déteste
Et suivre le chemin tracé devant mes pas.

Car alors je craindrais, malgré ma foi robuste,
En devenant puissant, de devenir injuste :
Des vapeurs de l'encens naît notre aveuglement.

C'est ainsi qu'étouffé sous les basses louanges,
Au cœur de tant de chefs, rempli d'ombres étranges,
Le sentiment du droit est mort complétement.

Août 1866.

LE DERNIER AMI

J'ai compté bien des ans : aussi ma tête est blanche
Comme un sommet neigeux qui se perd dans le ciel,
Et mon corps, droit jadis comme un peuplier, penche
Vers la terre où l'on dort du sommeil éternel.

Ma femme est morte ainsi que ma tendre pervenche,
Ma fille qui versait dans mon âme un doux miel ;
Et mon fils, jeune encor, comme l'eau qui s'épanche,
S'éloigna sans retour du foyer paternel.

Autour de moi le temps moissonna ma famille,
Et je n'aperçois plus qu'un seul regard où brille
Le feu du dévouement s'attacher sur le mien.

La bonté du Seigneur constamment se révèle,
Et je dis en voyant un ami si fidèle :
Dieu prit l'homme en pitié, lorsqu'il créa le chien.

Mars 1867.

LE MISANTHROPE

Le misanthrope est-il l'homme sans artifice,
Eternel ennemi de la duplicité,
Dont la parole amère est une accusatrice
Dans son procès sans fin à la société ?

Est-ce celui qui souffre en voyant l'injustice
Et qui, couvant la haine en son cœur révolté,
S'érige en dieu vengeur pour châtier le vice
Et lancer son tonnerre à la perversité ?

Non, ce grand indigné n'est pas un misanthrope,
Car l'homme qui mérite un tel nom enveloppe
La race des méchants dans un profond mépris ;

Et, loin de s'irriter assez pour la maudire,
Avec indifférence il voit l'heureux sourire
Des gens que la bassesse ou le crime a flétris.

30 juin 1866.

8

MA POÉSIE

Puisse ma poésie, au cœur des jeunes filles,
Entretenir un rêve amoureux et charmant,
Et les persuader que c'est dans leurs aiguilles
Que pour attirer l'or doit se trouver l'aimant.

Puisse-t-elle surtout, dans le sein des familles,
De concorde et de paix maintenir l'élément,
Et, comme les épis tombant sous les faucilles,
Pour fortifier l'âme, être un riche froment.

Je désire un destin encor plus beau pour elle :
Ce n'est pas d'acquérir une palme immortelle,
De mériter l'enceus, les honneurs, le pouvoir ;

C'est de se faire entendre à l'homme que le vice
Va prendre dans les bras du sombre désespoir,
Et de le retenir au bord du précipice.

20 juin 1866.

LA GUERRE

Peuples, dans la concorde il faut noyer vos haines ;
Laissez les rois régler leurs différents entre eux ;
Non contents d'abreuver de vos sueurs les plaines,
Vous versez votre sang dans leurs sillons poudreux.

La gloire, croyez-moi, sert à dorer vos chaînes :
Est-ce être vraiment grands que d'être valeureux ?
Conservez, las enfin d'hécatombes humaines,
Pour un plus noble but vos efforts généreux.

Au lieu de vous unir contre les vents contraires,
De vous donner la main, de vous aimer en frères,
Vous vous faites périr par le fer et le feu.

Il est temps d'arrêter votre aveugle furie :
La terre est pour vous tous une même patrie,
Et tous vous ne devez avoir qu'un maître : Dieu.

21 juin 1866.

L'EXPIATION

Si l'expiation, dont tu subis l'empire,
Au-dessus de ton front a mis un ciel d'airain,
Si tes persécuteurs n'imposent pas de frein
A leur acharnement, plein d'un sombre délire ;

Qu'importe, sous leurs coups, que ton cœur se déchire,
Et que jamais pour toi ne luise un jour serein ?
Soumets-toi, sans murmure, au décret souverain
Qui de ton existence a fait un long martyre.

Les méchants dont les traits prennent toujours pour but
Ton âme et ton honneur, sont, ignoble rebut,
De ce monde pervers la plus infâme engeance.

Ne dois-tu pas trouver un baume à tes tourments,
Lorsque tu t'aperçois que Dieu, dans sa vengeance,
Se sert, pour te frapper, des plus vils instruments ?

Juillet 1860.

TOUJOURS A BÉATRIX

Mes vers, ô Béatrix, dans une ombre discrète
S'épanouissent mieux qu'à la clarté du jour;
A vivre à tes genoux dans un humble séjour
J'aurais voulu borner mon destin de poète.

Comme son doux parfum trahit la violette,
Dans tes regards rêveurs ou joyeux tour à tour
Ma muse a deviné, sous ton pudique amour,
Tous les trésors divins de ton âme inquiète.

Nés loin des faux plaisirs où le cœur s'avilit,
Mes vers que ton sourire, ô Béatrix, colore,
Perdront leur pur éclat si le monde les lit.

Ainsi, chaque matin, quand l'aube vient d'éclore
A l'orient vermeil, l'étoile d'or pâlit
Et s'éteint dans l'azur empourpré de l'aurore.

5 décembre 1866.

8.

LE NÈGRE

J'étais au bord d'un fleuve : un nègre, au plat visage,
Meurtrit son chien qu'il cherche à noyer sous mes yeux ;
L'animal, épuisé d'efforts prodigieux,
Revient lécher encor son bourreau sur la plage.

Mais celui-ci du pied le repousse avec rage,
Trébuche et tombe à l'eau : le chien plonge, oublieux,
Et sauve de la mort son maître furieux
Qui l'assomme d'un coup, dans un accès sauvage.

Souvent je me rappelle et le nègre et son chien,
L'un vampire du mal, l'autre martyr du bien,
Et l'indignation me saisit et m'enflamme.

Je tâche d'éloigner ces pensers irritants,
Je recouvre mon calme et je rêve longtemps
En songeant que le nègre a seul, dit-on, une âme.

18 juin 1866.

A UN POETE

Ta poésie, écho des voix de la nature,
A plus d'accents plaintifs que de rhythmes joyeux,
Et fait toujours entendre un vague et sourd murmure
Au milieu de ses chants les plus harmonieux.

Pourtant elle soutient le faible et le rassure ;
Elle met un rayon sur le front soucieux ;
A l'âme défaillante elle prête une armure
Contre le désespoir et lui montre les cieux.

Elle est pour la souffrance une consolatrice,
Lorsque ton cœur meurtri rouvre sa cicatrice
Et répand des accords qui tarissent les pleurs.

Ainsi le térébinthe, à la sombre verdure,
Porte souvent au flanc une large blessure
D'où coule un baume pur qui guérit les douleurs.

16 juin 1860.

LE VAISSEAU LE PROGRÈS

Naviguant dans la nuit où seul l'éclair s'allume,
Matelots du Progrès, nous bravons mille morts ;
Si les flots en courroux nous jettent leur écume,
Acceptons ce baptême, il nous rendra plus forts.

Cependant nous pourrions, pour dissiper la brume,
Réveiller les canons, hérissant nos sabords ;
Mais nous voulons devoir, malgré notre amertume,
Tout à notre manœuvre et tout à nos efforts.

Nous sommes sûrs d'atteindre à la terre promise,
Après les longs périls que le sage méprise,
Et que notre conquête aura fait oublier.

Courage, matelots, poursuivons notre marche,
Et nous verrons bientôt la colombe de l'arche
Rapporter dans son bec le rameau d'olivier.

17 juin 1866.

L'ORGUEIL

De quoi l'homme ici-bas peut-il être orgueilleux ?
Est-ce de ses trésors, au bonheur inutiles ?
Sa fortune parfois s'écroule sous ses yeux,
Car les vents sont changeants et les flots sont mobiles.

Est-ce d'un noble nom, légué par ses aïeux ?
Est-ce de dignités, vaines et puériles ?
Mais le mérite a seul des titres sérieux,
Et les honneurs souvent sont aux âmes serviles.

Est-ce de son génie ? est-ce de ses succès ?
Mais la folie auprès du talent trouve accès.
Est-ce de sa vertu ? Le vrai sage est modeste.

L'homme par son orgueil serait-il aveuglé,
S'il levait ses regards vers la voûte céleste
Après s'être lui-même un instant contemplé ?

13 juin 1866.

LE SUICIDE

Je n'ai que trop vécu dans ce vallon de larmes :
Vers des cieux plus cléments et des hommes meilleurs
Je veux prendre mon vol ; la mort m'offre des charmes
Qu'ici-bas vainement je chercherais ailleurs.

Cependant je me dis, en regardant mes armes :
La balle mettra-t-elle un terme à mes douleurs ?
Ce problème toujours, éveillant mes alarmes,
Place devant mes yeux les plus sombres couleurs.

Je me dis : Quel que soit le lieu de mon refuge,
Ne dois-je pas trembler d'y retrouver un juge,
Si le but de la vie est l'expiation ?

Si je m'évade, avant d'avoir payé ma dette,
Ne dois-je pas trembler que Dieu ne me soumette
A subir jusqu'au bout ma condamnation ?

12 juin 1866.

COMPARAISONS

On trouve des étangs verdâtres et livides,
Cachant dans leur sein morne et pestilencieux
Des reptiles grouillants : c'est en vain que les yeux
Chercheraient à plonger dans ces gouffres perfides.

On s'arrête plutôt près des sources limpides
Où frétillent toujours mille poissons joyeux,
Et dont le pur miroir, qui réfléchit les cieux,
A, sous la folle brise, à peine quelques rides.

L'homme pervers ressemble à l'étang : nul n'a pu
Sonder les cavités de son cœur corrompu
Que n'éclaire jamais une aurore vermeille.

Mais l'homme juste, auquel le mal est inconnu,
Ne craint pas les regards et laisse voir à nu
Son âme transparente, à la source pareille.

10 juin 1869.

LA PERLE

Le plaintif Océan dont l'éternel murmure
Semble la voix des morts sous ses flots entassés,
Renferme dans son sein des poissons cuirassés,
Des poulpes aux cent bras, horreurs de la nature.

Le vaisseau naufragé, sans mâts et sans voilure,
Y roule sa carène et ses flancs tout brisés ;
Effroi des matelots, du péril menacés,
Le vorace requin y flaire sa pâture.

Cependant au milieu des lugubres débris,
Des monstres de la mer, des cadavres meurtris,
Le plongeur va chercher la perle qui nous charme.

C'est ainsi que parfois dans le cœur des méchants,
Où pullulent le vice et les mauvais penchants,
En le sondant à fond, on découvre une larme.

8 juin 1866.

LE PHARE DIVIN

« Que ta sérénité, mon âme, se déploie
Devant mes ennemis au bras jamais lassé ;
Résiste aux lâches coups que le méchant m'envoie,
Méprise l'ironie au sourire glacé.

Sous un souffle imposteur, assaillant notre voie,
Si mon honneur s'ébranle et se voit menacé,
Sois pareille au roseau qui sous l'ouragan ploie
Et se redresse après que l'orage a passé. »

Je m'encourage ainsi, moi que le mal assiége ;
Mais ces élans toujours fondent comme la neige
Aux rayons du soleil sur nos tristes chemins.

Et je me dis alors : Dieu permet que je souffre ;
La douleur est peut-être un phare près du gouffre
Où tombent constamment les aveugles humains.

3 juin 1866.

9

LE DEVOIR

La douleur sur mon front a posé son doigt blême;
Comme une saule qui pleure au bord d'un clair ruisseau,
Je suis triste, et pour moi la vie est un fardeau.
— Jeune homme, n'as-tu pas une mère qui t'aime?

— Dans le pâle linceul je l'ai mise moi-même;
Sur mon chemin le deuil étend son noir rideau.
Qui donc me retiendrait sur le bord du tombeau?
— Une vierge aux yeux bleus, à la grâce suprême.

— Seule ma fiancée aurait eu ce pouvoir;
De mes mains j'ai creusé sa fosse solitaire.
— Vois briller dans la nuit le flambeau de l'espoir.

— Il ne m'éclaire plus d'un rayon salutaire,
Et désormais pour moi tout est mort sur la terre.
— Tu te trompes, jeune homme: il reste le devoir.

4 juin 1866.

HÉLAS!

Aujourd'hui que l'honneur se montre, on le bafoue;
Qu'un noble instinct se dresse, on l'a vite abattu.
A la face du juste on jette de la boue;
Le vice triomphant foule aux pieds la vertu.

Tout essai de concorde et de progrès échoue;
Pour son système on a vainement combattu.
On meurt souvent victime, alors qu'on se dévoue,
Bien que d'un triple airain on se soit revêtu.

Les méchants pour les bons ont toujours un blasphème;
Ceux-ci sont torturés, et l'on ne sait pas même
Deviner leur souffrance aux rides de leurs fronts.

Et cependant ils ont vidé tous les calices,
Enduré tous les maux, subi tous les affronts:
De même que le corps, l'âme a ses cicatrices.

31 mai 1866.

LE JUIF-ERRANT

Quand l'Océan avait déchaîné ses tempêtes,
Sans fléchir j'ai marché sur les flots en courroux ;
Dans les villes en feu, comme en des lieux de fêtes,
J'ai porté mon espoir, des victimes jaloux.

Aux lions affamés, sanguinaires athlètes,
Je me suis présenté : mon sourire était doux;
Et lorsqu'ils rugissaient, en secouant leurs têtes,
J'ai promené ma main sur leurs larges flancs roux.

L'air où la peste étend comme un linceul livide
A gonflé mes poumons de son poison perfide;
J'ai cherché vainement d'inévitables morts.

J'obéis à la voix qui constamment s'élève,
Et je marche toujours, sans repos et sans trêve :
Je suis le Juif-Errant — ou plutôt le remords.

Janvier 1866.

LE LIMAÇON

Lorsque je puis fuir loin du seuil de ma maison,
Un jour que le travail ne me tient pas esclave,
Dans l'air pur que l'oiseau charme de sa chanson,
Je cours baigner mon front où bouillonne la lave.

Dans les prés mille fleurs émaillent le gazon,
·Vers moi je sens monter l'odeur la plus suave,
Et quelquefois je passe auprès du limaçon
Qui laisse sur le sol la trace de sa bave.

Sur le bord du chemin ce long ruban d'argent
Éveille ma pensée, et je m'en vais songeant
Aux trésors amassés d'une manière vile;

Je songe au pamphlétaire, écrivain des égoûts,
Soulevant le mépris et de profonds dégoûts,
Qui change en filon d'or son venin de reptile.

8 janvier 1869.

9.

L'ÉTANG

Quelle sérénité sur ce miroir dormant !
A peine le zéphyr de son baiser le ride,
Et l'astre qui rayonne au fond du firmament
Plonge des gerbes d'or dans son cristal limpide.

Souvent le calme trompe et l'apparence ment.
L'étang sous son azur cache un gouffre perfide
Où pullulent toujours, comme en leur élément,
Des reptiles hideux sur la vase livide.

Ainsi la foule passe et se montre à nos yeux
Avec le front placide et le regard joyeux,
Lorsque son flot s'écoule où sa pente le mène.

Mais combien nous verrions, sous ces dehors riants,
D'abimes, de bourbier et de vices grouillants,
Si l'œil pouvait sonder la conscience humaine.

1er février 1868.

PALINODIE

Quelle indignation me soulevait le sein,
Quand le crime étalait son infâme arrogance !
Le sang aurait pu seul assouvir ma vengeance,
Et je sentais vibrer, dans mon âme, un tocsin.

Aujourd'hui je résiste à ce ferment malsain ;
La souffrance a mûri ma faible intelligence ;
Des blessures du cœur a coulé l'indulgence,
Et ma raison poursuit un plus calme dessein.

Le châtiment n'est pas un fructueux exemple ;
Le bruit du couperet n'ébranle pas le temple
Où le dieu du mal vit d'un encens détesté.

Ce qu'il faut, pour hâter le progrès sur la terre,
C'est l'abnégation, le sacrifice austère
Du Christ et des martyrs, morts pour l'humanité.

17 mars 1872.

LE SCEPTRE DU MONDE

Où le sceptre du monde est-il ? dans quelles mains ?
Dans celles d'un monarque appuyé sur la foudre ?
Non, un souffle suffit pour le réduire en poudre :
Les peuples aujourd'hui sont les seuls souverains.

Peintres, compositeurs, artistes, écrivains,
A vous le décerner nul ne peut se résoudre :
Le génie aisément ne se fait point absoudre,
Planant dans une sphère au-dessus des humains.

Le marin le tient-il sur l'empire de l'onde ?
Est-ce l'archet qui mène un quadrille joyeux,
Ou la bêche qui creuse une fosse profonde ?

J'aperçois une enfant dont le front gracieux
Sollicite un baiser, et je lis dans ses yeux :
Le flambeau de l'Amour est le sceptre du monde.

1er janvier 1869.

TABLE

FIN

Poissy. — Typ. S. Lejay et Cie.